DASHASWAMEDH
GHAT

パンの心臓

Corazón del pan

ミシマ ショウジ

Transistor Press

目次

Photo.　広本雄次

コックコートは重くて肩がこる

売れのこったパンを　すこしづつスライス
霧を吹き　網にのせガスコンロの火で炙る
カンパーニュ　ミッシュ　ハードトースト
ライ麦の入ったバゲット　黒パン一枚　オ
リーブオイルに塩を少々

よるのパンこうば　ビールも飲んでおおい
に酔っぱらって　世界でいちばん最高のパ
ン　なんだけど　そんなことはどうでもい

いじゃない　今日もこんなパンが焼けて良かった　このパンで十分だ

労働なんて言い方はもうだれもしない　けれど一日をよく生きたと　だから皮膚の下では　骸骨が立ってわたしに挨拶をするのだと　湧き立つような挨拶を！

手の祈り

ふたつの腕がリズムをとって
足は肩はばコンクリートのゆかに立ち
ただこの夜があめゆきになれと
こねつづける
どんどんひとかたまりになって
手からはなれていく　きもちがかるくなる
もういいか　もうここでわかれるのだと
パン生地を冷蔵庫におさめとびらをしめる

携帯が鳴って
四二分に駅につくという
手を洗って 月は十三夜
三つ辻の交差点をわたって　ちいさな橋をわたって
おかえりって あなたと手をつなぐ

そのパンをこねた手
うえこみにおかしな婆さんが座りこんでいて
声をかけてくる
　ええねぇ　お迎えにきてもらって
さては　ゆきのおりに見られていたのを気がつかなかったか
信号は赤で　月は十三夜
婆さんは夜もふけたのにうえこみに座っている

あなたは
信号の押しぼたんを鍵のさきでふれ
わたしは
半熟の月に手でふれる

ねぇ、
まっくらなうみのまっくろなくじらのはらのなかを歩いているようだね。
すべてがぼやけてよくみえないよ、つないだ手さえも。
　ふりかえってしまう

みえないから、そして雨は核種に凝結してふる

きっと　そのレインコートをかったのは
雨がすきだったから

あじさいが咲いてちいさな
雨つぶが

いくつもいくつもいくつも
あふれる空からふってきて

わたしのほほで
わたしのおでこで
わたしのハナのあたまで
はじけていくのがたのしかったから

かさよりもレインコートがすきなのは
もっともっと

雨が
わたしをひとつにしてくれるから

I hate rain

いま　それは　わたしをとおざける

カラベラ・リテラリア　calavera literaria

ガイコツのうたう歌

Calavera　1

人々は家にひきこもり
町は静まりかえってひっそり
パン屋では忙しそうにパンを焼くガイコツひとり
パンはひとりでになくなっていくが
ひとりもひとつもことばを口にしない
死んだ女房がパンを買いに来ていたが
昼間なのに影をつくることもない
みんなガイコツが連れていったきり

Calavera　2

死んだらみんなガイコツさ
ガチガチ骨を鳴らしてステップ踏んでカッコばかりがいいけどさ
この世じゃ飯も喰わなきゃいけねぇ金もいる
それなのに
夜は人でいっぱいでもう死んでしまった者の声がして
生きている者の声さえも
聞こえるだろう
舗道のアスファルトにいくつものいきばのない靴たちが足踏みしている
今日はわたしで明日はおまえ
一緒に踊る　Social Distancing

Calavera 3

骸骨がにやり
咳をしても一人

Calavera　4

骸骨がマスクを洗っている
すこしの洗剤で揉まずにおし洗い
骨ばった手をていねいに洗う　もしもしカメよカメさんよーを歌い終わるまで
か、

骸骨がくたびれたマスクを洗濯ばさみで干している
もしもーし　もしもーし
だれもがしあわせでありますように
って、

Calavera 5

パン屋ガイコツ
今日も朝からパン焼き仕事
葡萄を醗酵させてパン種つくり
あんまり調子にのって歌ったものだから
酵母もぶくぶくお酒になった
おやおや、こいつはいいぞ
ちょっと一杯
パン屋ガイコツ
仕事を忘れて飲みだした

朝から飲んでお腹がはちきれ
　ぐでんぐでん
ぷくぷくからだが浮いてきた
おっといけないパン焼きだ

ではまた会いましょう
さようなら
じぶんの心臓をパン生地になげ入れ
ほい、と丸めて焼いちゃった

Calavera 6

よくそんなに食えるな　胃袋もないくせに
そう言うと
あいつは嫌な顔をしたが気づかないふりをして
なぁ、どうして死んでまでそんなに大食いなんだと
しつこく聞いたら
てめぇ！　パンチを一発食らった
生キタイカラニ決マッテイルダロウ

骸骨が
振りかえってうたった歌

パンをちぎると
開くひとかけ分のいのち
パンをちぎると
ひとかけ分のみらいは閉じて

もうあなたはもどってこない
　ミラボー橋

パンをかじると
いつも少しだけ死者の匂いがして
パンをかじると
この橋は渡れない　見たものは渡れない

もうあなたはもどってこない
　ミラボー橋

Calavera 7

パリから帰って来たカトリーナは泣いた

もうガイコツに仕事はなくなったわ
私たちは他者なの
でも他者としても存在していないわ

ポサダが鳥の羽飾りのついたおおきな帽子をカトリーナに渡した
フリーダがケッツァルコアトルのショールをカトリーナの肩にかけた
ディエゴがポケットに蛙と蛇を隠しながらカトリーナの手を握った

サンゴールは
ささやく
他者を踊れカトリーナ
公園の木陰のカトリーナ
うつくしいカトリーナ

Calavera 8

聖なる鳥　ケッツァルコアトルが夜更けに告げる

頭は蛇のようだった
雨覆いの羽は虹のようだった
風切り羽は雷のようだった

乾いた土地に
カカオの種を
贈ったぞ

種を蒔き
土を耕せ
見知らぬ土地で
やがて
おまえは芽吹く

花を咲かせた
ジギタリスが原生林の入口を教えてくれる

Calavera 9

うばえ
うばえ　リャクだ、掠！　コンキエストだ！
パンをうばえ
そのパンをうばえ
さぁ　そのおれたちのパンをうばえ
白いパンは朝に焼かれるが
黒パンは夜だ
まっ黒い夜をうばえ

白いパンは生者のもの
黒いパンは死者のもの
黒く硬くどっしりとした

さみしい黒パン
冷たい雨が口にささり
パンのすっぱさで
ひもじい腹を満たしている
いとしい瞳をみつめている
おれたちの黒パン

泣くのか　泣かないのか　泣いているのか
もうパンはぜんぶ喰ってしまえ
黒パンは夜の墓場でこそ喰うものだ

（１８６１年、メキシコ政府は死者の埋葬を政府の管轄下に置き、疫病の感染防止・治安維持を理由として祝祭日「死者の日」の墓地での人々の飲食、祭りを禁じた。）

Calavera　10

中浜哲は１９２５年10月31日、大阪刑務所でこう書いた

俺達は「黒パン」製造所の職工だァ！

彼らの焼いたパンの原材料は小麦粉ではなく黒色火薬だった

どれも

不発だった

Calavera　11

おい、と呼びとめられて
うれしそう
に
ガイコツ
が振りむいた

Calavera 12

よるのあめ
あけた窓から

雨がゆっくり深呼吸
こんやは

薄いふとんでいいか
かえる印のかとり線香を焚いて

ガイコツは
（事物を離れて観念はない

そんな

鼻をつまんだような
ことを言われて
ない鼻をかむ

目　耳
舌

性器
脳味噌も

こわごわと胸をさわる
なにもしっくりこなくても

どれもがわたし
ただ　わたしが行方ふめい
見せてあげましょう。

Calavera 13

ドードー鳥のぬいぐるみをもらった
この歳になってぬいぐるみ　おおきいサイズ

ドードーは走らない
ドードーは飛ばない
ドードーは泣かない

あなたが殺したのよ
ドードーのおしりがピストルになっていて
それで私を撃とうとする

私はやっていない殺していないと抗弁するが
あなたが殺したのよ　あなたは生きているのだから
みんなあなたが殺したの
マーマレードを炊くように

どうもこうもなく眼をとじて
私はドードー鳥のきぐるみを着て暮らすことに同意する
ドードー鳥のきぐるみを着てパンは焼けるだろうか？
ドードー鳥の鳴き声をしらべなくては
はやく慣れなくては

Calavera 14

詩をもっておいで
calavera literaria
骸骨のうたう歌
踏んだ韻が抱きあうような
隠喩が狂気のうちに歌いだすような
calavera literaria

でも気をつけて
踏みわけ道を犬のまっすぐな瞳が
頬にかくれた子音を聞きとろうとしている
舌にもつれた心臓を盗もうとしている
韻は死者の踏みあとだから

死者の日 屠られた豚がソンブレロをかぶって踊りだし
死者の日 赤ん坊が煙草をのんで親父をひっぱたく
死者の日 雨蛙が蛇を飲み込みメドゥーサが星々を光らせ
死者の日 マリーゴールドの花が必然の一本道を灯している

ほら
詩をもっておいで
calavera literaria
骸骨の無心の歌声
無調にほどかれうたう歌

ほら 手をつないで
さぁ 輪になって

Velvety Dark Chocolate

グアテマラの出身　と女はいった
Guatemala の Gua の音にアクセントをおいて
あとは天使の羽を切るようにかたく発音した

カカオの村の生まれで　大きなカカオの実を運んで　バナナの皮で包んで
夜どおし小屋で火を焚きながら醗酵させた　鉱石のようになるまで
乾燥させて石臼で挽くのも　家族の兄弟の姉妹の仕事だったと

村の広場にはただひとつの雑貨屋があって
生まれてはじめてオレオのチョコレートを食べた　そっと銀紙をはがして
おいしかったよ、チョコレート

パリ北駅まで
連れていってくれたタクシードライバーの彼女はGuatemala
というたびにGua に斧をいれて

生まれた村の森で木を一本一本切るように発音した
Je te veux　ジュ　トゥ　ヴ　好きよ

熊

やまおとこ
やまんば
山をおりてひとり去りふたり去り
沢の水がひとかさふたかさあふれ
雪の狐がひとあしふたあし跡をのこす
おなじところで足をとられ
中指二本はまえへ　のこりあと二本がやや後ろなのは
やっぱり狐の足跡だ

カラベラの栞

Corazón del pan

生と死が隔離される。

骨と身がばらばらになる。

だけど、そうだった。死者《あの子》はてくてくやってきた。

墓地の塀を乗り越えて、あの橙の輝きと香りをたよりに、よしみを結んだ生者に会いに行く。

屍になんかなるもんか。


パン・デ・ムエルトがあの子の口に運ばれる。

隣には、もぐもぐと口を動かすカトリーナ。

パン屋ガイコツが発明した酵母のお酒も持ってこよう。

さあ、宴のはじまりだ。

パン屋ガイコツの心臓の底から、うなるような声が出た。

「おまえのパン・デ・ムエルトはどうしてこんなに硬いんだ。こりゃあ、骨身に沁みる硬さだよ」


手と足は伸びるし、声は震える。

パン屋ガイコツの手は、こねつづければ生地の粘り気がだんだんなくなることを知っている。

あの子の足は、カタカタと雨のあたるレインコートみたいに舞う。

カトリーナの喉だって、コホコホと咳をする。


死んだ者にも記憶があるし、生きる者の現在にだって死者は生きている。

わたしたちの骨と身は管理されやしない。

すきからふみこ（翻訳研究）

あとを追ってダケカンバ　シラカンバの林
　熊に気をつけろ
と木にぶらさげられた一尺ほどの鉄パイプと木槌
ひとの入らなくなった山で

林が鳴っている
あんなめったやたらに鳴っているのは
熊がひとを懐かしんで打つのかもしれない

トランスフォルミスモ

ラ・フォンテーヌの「寓話」に
老人と熊の悲しい話があって

ある日、山に住む熊と森に住む老人が森のはずれ、くらい山道の曲がり角でばったりでくわした。お互いびっくりして怖かったけれど、山道を一緒に歩くうちに仲良くなった。ふたりともほんとうはひとり暮らしがながく、ともにそばにいる友だちが欲しかったのだ。ふたりは森の老人の家で暮らすようになって、老人は一日庭仕事をして働き、熊は朝、狩りに出かけ獲物をもって帰って来た。庭には、イチイの木立に囲まれたバラ園があって、その小径を過ぎるとブラムリー種の青林檎の木が数本並んでおり、沢へとくだる傾斜地にそってジュニパーベリー、ハシバミなどの灌木が生い茂っていた。そして庭の終わるあたりにはレバノン杉が濃い影をなしていたが、午後のひかりの具合でその影がゆらいで見え、どうかすると熊は、門番がいる門のまえに立っているような気がするときがあった。

そんな静かなふたりの暮らしのなかで熊にまかされた仕事があったそうだ、それは老人が庭に籐の椅子を出してうとうとと昼寝をしているあいだ老人の顔に寄ってくる蠅や虻を追い払うこと。

ある日、よく眠っている老人の鼻先に蠅が一匹とまり、熊がいくら追い払っても追い払ってもまた鼻先に戻ってくる。とうとう熊はこの蠅め、と言って足元の敷石をひとつ掴むと思い切り投げつけた、そう、蠅をめがけて、老人の鼻先へ。

ラ・フォンテーヌは次のように書いて、この話をしめくくる。

「力があるだけで思慮のない愚かな熊は、老人を殺してしまった。無知な友人ほど危険なものはない、賢い敵のほうがまだましだ。」

そんなことをよく冷えたビールを飲み
水餃子を食べながらあなたと話す
茹で上げられたそれは白い皿のうえで
つややかな吐息をそっともらしたが
おおきな蒸籠から青菜がとりだされると
あなたはそれをひとつ箸でつまんで言った
それではあまりにバッサリじゃない
賢い敵のほうがましだなんて

熊はおじいさんの遺体を、庭のイチイの木立に穴を掘って埋め、血のあとが残っていたがそのまま敷石を墓標とした。そして彼の家から針と糸をもってきて、自分のまぶたをふたつとも縫ってしまった。彼を殺してしまった罰とも思ったが、それよりももうこれから誰とも眼をあわすことはないだろう、死をもたらすしかない眼など持たないほうがいいと思ったのだ。

熊は盲いた熊としておじいさんの家で暮らし続けた。狩りには行かず彼がいつもしていたように庭仕事をして過ごし、昼に彼が使っていた籐の椅子に座り熊もおなじように昼寝をした、蝿がやってきたがもう追い払うことはなかった。

イチイの木は毎年春になると小さな花を咲かせ、それは白い匂いで熊にも春の季節がやってきたことを知らせた。

そんなある日の午後、熊は夢を見た。

ひどく痩せて腹をすかせた男が死者の金歯と
パンを交換していた　そして男は硬いパンを
時間をかけて小さくちぎり上着のポケットに
入れてから　そのひとつを口のなかでゆっく
りといつまでもいつまでも噛んでいた

熊にはこの夢がなんのことなのかよく分からなかった。熊にとって飢えと狩りはいきる力だった。この夢には力がない、この夢の飢えにはゾッとするなにかがある、鮭や兎をこころおきなく狩るときの血の匂い、あのきよらかなものとは違うと思った。

夢のなかの男の顔は目が覚めてもすぐには消えることがなく、しばらくのあいだぼんやりとまぶたの裏に浮かんでいた。ひょっとするとこれはおじいさんの夢ではないか、いや、彼の夢でさえないのかもしれない、彼が見た夢であったとしても。熊は閉じられた目でそんなことを考えつづけた。

庭の椅子のうえでまどろみながら、そんな夢が幾度も続いた午後、目を覚ました熊は、「そうか、そうなのか、蝿じゃなかったのか」と呟いた。それから大きなからだで立ちあがって毛皮をぬぎ、庭の花を摘んで来てイチイの木立の地面にそっとおいた、そしてまぶたの糸をひき抜いて山とは反対のあのレバノン杉のくろい影、呼びかけの門にむかって行く、黒い瞳をそらの孔にむけて。

摘んだ花は　ムスカリ　タチアオイ　ノコギリ草
ヤグルマギク　マオウ　ユリ

茸の耳

きのこの**き**のこ
の
こども
のはらをめくる**と**
ちきゅうをたべて**い**る
のびるのびる**き**のこのきんし
きんしくいきをこえ**て**
このきのきのこ
きんぞく**の**あじがする
のうしゅく**さ**れたきのこのスープ
このもりの**き**のこ
きんだいか**が**くがなんだ
のやまにほうしゅつされるほう**し**
このほしのじゅうりょくをこえるほうしはスペースX**しゃ**のロケットよりもはやいぞ
ののみちのくさのした
み**み**がある
みみがみみをすます**ち**じょう10センチのそら

アンフラマンスの紐文字

糸をほどいてしまうと
くろ雲に
忘れもののような歌
ぽつり
ひとつさ　ぽつりさ
あなたが帰ってきたような
懐かしい話しかた
雨のしずく降るふるひとしずく
ひとすじの糸にむすびとめようとする
遠くにふる雨　近くにふる雨
椋の木の葉にふる雨　葉からおちる雨
いづれも分かちがたくひとつの雨おとをなし
あらゆるところにいま　このあめのおと
あらわれきえる糸を撚り

紐をたどって
もういちど雨を歩こう
もう濡れてもいいと
言葉をむすぼうとする
すると
そのゆわえた結び目に
あなたが立っていて
菫色のヴェールからアンフラマンスの瞳を
　わたしに優しくさしむける
過ぎ来し日々から雨がこぼれて
わたしたちは雨おとにふれる
ともに織られて

綾なす
雨の糸に
雨の指で縫いあわされて

湿度80％　温度28℃

雨のあわいを霧雨といい
霧のあわいを時雨といい
雲のあわいを俄雨といい
陽のあわいを狐雨といい
風のあわいを愁雨という
命のあわいを白雨と書き
ゆうだちというものなら

双子座のあわいは酵母菌
梅雨のあわいから酵母は
生れ醗酵し腐敗し無分別
酵母菌は主体をもたない

一つは少なすぎるが二つは多すぎる

喧嘩した夜
ごはんは小蕪とじゃが芋と丸蒟蒻　鶏肉のたいたん
こたえは鍋のごった煮の底にあるのではなく
あかるく澄み渡った白葱にあるのだと

そういわれ
お、そうか　と肯くが

白葱にはこころがあるのだと
きもちがききたいとも

そうして
わたしたちは待っている

小ぶりの土鍋にお椀がふたつ
あなたとわたしのあわいに

じゃが芋が煮えていく
蒟蒻に出汁が沁みていく

そんな上手に
煮崩れたじゃが芋を取り分けられそうにないよ

石炭袋星雲群

ねむっていたハムスターが死んだんだ
　オヤスミ　―それはひとのことばだよ―
デンキを消して
起きないのか
もう

目は見ない耳はきかない
おもちゃの車輪をとめて
白い毛皮をぬいで
器官などはなく
生だけがあかるく
彼にもバルドがあるのかな
もう夜の左手が

カラカラとマニ車をまわし
肩に担がれたCoalsack Dark Clouds　そらの孔
オマエモイクノカ
そうか
そうか
もう行くのか
降りるのか

暑くなって弱っていたハムスターをまだ幼い息子から預かり病院に連れて行くと「人工呼吸をします」先生はそう言って小指の先程のマスクを彼の口にあてた。病院でもらった飲み薬を水で溶きスポイドであげていたが、夜なかに気になって見に行くともう死んでいた。

あかるい陽射し
わたしはねむっている
ハムスターもねむっている
だれもが石炭袋につつまれている

ヴォイスビートの少年

波うちぎわに君が立つと
そこは十字路
太陽　シギ　チドリ　アジサシ
アトリ　きみのあし跡
もうくずれるよ　波を待たずに飛び
きえて
ひとり　渡り
むこうへ
おぉーおぉーおらべ　おおごえあげて
手をたたき岬をめぐれ
嘆き海へ　嘆け
おらべばいい　おらぶればいい

ひかり　ひとつ　瞳　映り　蠍の祈り
　ヒバリの
　　なき声
　　　君のひびきの
　　　　耳
　　　　の殻
涙は潮だまりのアメフラシ
波は空へとたたくタンバリン
暗く青く
　暗く青く
そっと手で包むと指の
　あいだから泡があふれて
　　心臓のようにビートする
君の声がしたよ

シリアのなんとか大統領へ

パン屋に爆弾を落とすな
パン屋を攻撃するな

そこには旧式の大きなオーブンがあり
そこには一週間ぶりに届いた小麦粉の袋があり
そこにはガタガタ音をたてて回るミキサーがあり
そこにはくろびかりした天板があり
そこには粗悪なイーストのブロックがあり
そこにはこねあげられたパン生地があり
そこには焼きあげられたパンがあり

そこにはパンを求めて駈けつけた人々がおり
そこにはパンを焼きあげる者の手があるのであって
機関銃を握る手があるのではない
そこはいのちの最前線であって
おまえたち戦争の最前線ではない

パン屋の誇りをもっていおう
パン屋を攻撃するな
パン屋に　パリに　ベイルートに　ダマスカスに
爆弾を落すな

Siriako ez-dakit-zer-presidente jaunari

Ez bota bonbak okindegietara.
Ez eraso okindegiei.

Labetzar zaharra,
astebete berandu iritsitako irin poltsak,
dardar hotsaz biraka dabilen irabiagailua,
burdinezko plantxa beltz eta distiratsua,
kalitate gutxiko legamina blokeak,
eskuz egindako orea,
ogi labetik atera berriak,
ogi bila etorritako jendea,
han hori baino ez dago.
Okinaren eskuak,
eta metrailetadun eskurik ez.
Hau bizitzaren lehen frontea da,
ez zuen gerrarena.

Okin baten duintasunarekin diot:
Ez eraso okindegiei.
Ez bota bonbak okindegietara
ez Parisen, ez Beiruten, ezta Damaskon ere.

（バスク語訳：金子奈美）

パンはogi、パン職人はokin、degiは「〜のある場所」、Okindegiでパンのある場所、パン屋だ。
バスク語はスペインの北、フランスの南の国境にまたがる地域で、今も話されている他のどこの言語とも類縁関係を持たない古い言葉。

2015年、バスク語作家のキルメン・ウリベ氏が来日して、彼の翻訳本の刊行記念イベントが新宿のカフェ・ラバンデリアで行なわれたが、その折に私も「シリアのなんとか大統領へ」を朗読させてもらった。バスクの街、ゲルニカはスペイン内戦中に焼夷弾を使って空爆が行われたはじめての都市なのだから。

そして、このイベントの縁で翻訳者の金子奈美さんに「シリアのなんとか大統領へ」をバスク語に翻訳してもらった。その読めない文字をなぞっていく、教わった三つの単語ogi、okin、Okindegiを見つけるとそこにパン屋が立っているように見えてくる。わたし達に爆弾を落とすな！と叫んでいる人々が。

注記

11頁　I hate rain

フクシマの原発事故のあと、NO NUKESのステッカーに紫陽花柄のレインコートを着た女の子のイラストとともにこの一行が書かれていた。

www.facebook.com/281antinuke

12頁　カラベラ・リテラリア

calavera literaria　メキシコでは死者の日になると、となりのおじさんや家族、仕事仲間をとりあげ、「〜さんは骸骨に連れて行かれた」という死をからかうような詩を書き、みんなで読みあう慣習があるそうだ。そしてその詩は韻を踏むという決まりになっている。

14頁　咳をしても一人

尾崎放哉、野菜根抄の一句。

24頁　リャクだ、掠！

1892年、クロポトキンは『CONQUETE DU PAIN』を刊行。日本では幸徳秋水が『パンの掠取』として翻訳、地下出版をして、大正期の日本のアナキストたちに大きな影響を与えた。彼らは掠・リャクと称して東京や大阪の実業家を恐喝して革命資金を集めたが、そのほとんどが遊興費にきえた。そのアナキストのひとり、中浜哲は1925年「ギロチン社事件」として逮捕され死刑判決、翌26年4月15日に執行されている。

28頁　事物を離れて観念はない

ウィリアム・カーロス・ウィリアムズの〝no ideas but in things〟高島誠訳だと「思想はものそのものにしかない」

29頁　目　耳　舌　性器　脳味噌も

アレン・ギンズバーグの『夢の中でウィリアムズが書いて』の一節から。「Pick your / nose /eyes ears / tongue /sex and / brain / to show / the populace

鼻を　／　つまみ　／　目　耳　／　舌　／　性器　／　脳味噌を　／　皆さんに　／　見せてあげて」高島誠訳

35頁　Je te veux

エリック・サティのシャンソンの曲名。Je te veux を〝好きよ〟と訳したのは高橋悠治。

52頁　一つは少なすぎるが二つは多すぎる

マリリン・ストラザーン『部分的つながり』のなかの一節に与えられたタイトル。またダナ・ハラウェイ『猿と女とサイボーグ』には、次のように書かれている。「何者かたることとは、自律的で、強力で、神たる存在になることである—が、同時に、何者かたることとは、幻影であり、したがって、他者との黙示録的な対話に巻きこまれることでもある。一方、他者たることといえば、複数で、明快な境界を持たず、ほぐれ、実体を有さないような存在となることである。何者か（one）という一つなる存在（one）として存在するのでは少なすぎるし、二つなる存在というのも多すぎる。」高橋さきの訳

ミシマショウジ

製パン店ameen's oven店主、酵母を醗酵させながら詩を書く。友人たちと『詩の民主花』を発行。詩集に『パリの敷石』（共著、トランジスタ・プレス）、Zine『Ghost Songs』（黒パン文庫 http://kuropanbunko.tumblr.com ）

広本雄次

ミュージシャン・フォトグラファー。インドの打楽器タブラ奏者として活動。フォトグラファーとしても評価されている。代表作『愛《かな》しいバラナシ』、『供花 ku_ge』（写真家藤原新也氏主催フォトアワードにて【藤原新也賞】を受賞）、『花詩』、『flower』（詩の民主花）

金子奈美

バスク語翻訳・研究者。訳書に、キルメン・ウリベ『ビルバオ−ニューヨーク−ビルバオ』、『ムシェ 小さな英雄の物語』（いずれも白水社）、ベルナルド・アチャガ『アコーディオン弾きの息子』（新潮社）ほか。

パンの心臓　Corazón del pan

2021年3月11日発行

著者　ミシマショウジ

バスク語翻訳　金子奈美

写真　広本雄次

装幀　川邊雄

発行元　トランジスター・プレス

〒247-0064 神奈川県鎌倉市寺分1-19-11-101

サウダージ・ブックス有限責任事業組合内

TEL/FAX:0467-62-3151

info@saudadebooks

印刷・製本　株式会社 松栄印刷所

〒790-0003 愛媛県松山市三番町7-9-2

TEL:089-941-3334

落丁本、乱丁本はお取替え致します

Printed in Japan

ISBN 978-4-902951-10-3

C0092 ¥1600E

『敷石のパリ』　カラフルなざわめきの足音へ
清岡智比古　ミシマショウジ　佐藤由美子　管啓次郎（著）
2018 年発行

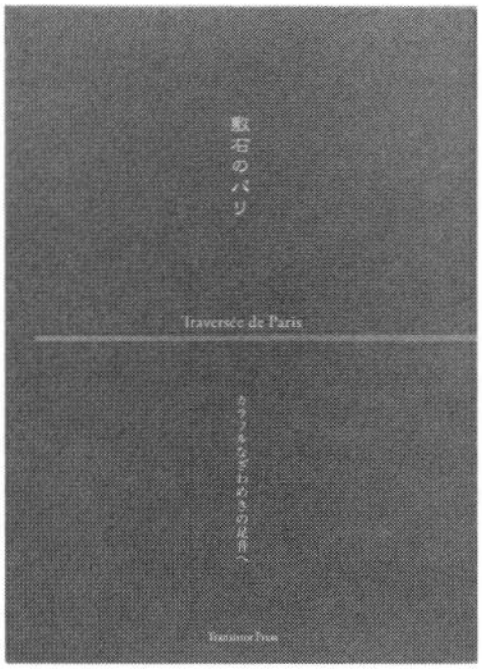

パリ 5 区ブシュリー通りにシェークスピア・アンド・カンパニーという書店があります。この書店のアーカイブを担当する方からのある問い合わせがきっかけとなって、4 人の詩人が集まり『敷石のパリ』が生まれました。2018 年は mai68（パリ五月革命）から 50 年。mai68 当時、シェークスピア・アンド・カンパニーは、学生たちをこっそり匿っていたことでも知られています。

Transistor Press

rain brings an old friend.
Open your umbrella